아름다운 날들

아름다운 날들

sempé
아름다운 날들

장자크 상페 글·그림 | 윤정임 옮김

열린책들

BEAU TEMPS
by
JEAN-JACQUES SEMPÉ

Copyright (C) Sempé, Éditions Denoël, 1999
Korean Translation Copyright (C) The Open Books Co., 2004, 2018

Korean edition published by arrangement with Éditions Denoël
through Sibylle Books Literary Agency, Seoul.

 이 책은 실로 꿰매어 제본하는 정통적인 사철 방식으로 만들어졌습니다.
사철 방식으로 제본된 책은 오랫동안 보관해도 손상되지 않습니다.

할머니, 무화과나무 아래 묻어 둔 루이 금화를 꺼내세요. 왜 그러세요, 할머니. 거기 돈 있는 거 다 알고
있는데! 18루이가 있을 거예요. 그걸 가지고 은행에 가서 르뢰 씨한테 엔화를 사달라고 하세요(일본 돈요).
그리고 내일 엔화를 다시 달러로 바꾸고 다음 날 루이 금화를 다시 사들이세요. 그러면 21루이가
될 거예요. 르뢰 씨가 깜짝 놀랄 겁니다. 그중에서 1루이를 르뢰 씨 딸인 프랑신에게 주고 내가 늘
생각하고 있다고 전해 주세요. 르뢰 씨가 은퇴하면 그 자리에 가고 싶어요. 파리는 공기 오염이 너무
심하고 날씨도 아주 나빠요.

아무도 날 건드릴 수 없는 것처럼 느껴지는 날이 있어.

우리가 어른이 되면 속옷을 입게 될 거야. 할 수 없지, 뭐. 근데 영화나 텔레비전에서 보니까 어른이 되면
내가 널 아주 비싼 식당에 초대해야 하더라. 그런 식당에서 먹는 건 지금 우리가 여기서 먹는 거랑 거의
비슷해. 어쨌든 그렇게 해야만 어느 날엔가 네가 속옷을 벗게 되더라.

징계 위원회는 증인 청문회와 서류 조사 결과, 흥분제 복용이 사실로 밝혀졌기에 공쿠르상 수상자를 르노도상으로 강등하기로 결정했습니다.

● 공쿠르상과 르노도상은 모두 프랑스의 대표적인 문학상이지만, 역사적으로 먼저 생긴 공쿠르상이 좀 더 큰 상이라는 인식이 있다.

물론 이게 마약이 되지 않도록 조심해야 해. 하지만 오후 무렵에 한 알 먹으면 저녁 6시나 7시 즈음엔
확실히 인간 본연의 가벼운 우울증이 느껴진대.

제 자전거 찾았어요!

회의 중이라 당신은 여느 때처럼 휴대 전화를 진동으로 해놨을 거야. 그래서 내 목소리는 수첩, 열쇠 꾸러미, 화장품, 빗, 갈아 신을 스타킹 따위로 뒤죽박죽인 당신 가방 속에 처박혔겠지. 내가 숨이 탁탁 막힌다는 걸 알 거야. 난 엉망이야. 진짜 가정을 한번 꾸려 보자고. 그러면 좀 나을 것 같아. 텔레비전 일은 정말 힘들어. 항상 투쟁해야 하거든. 다른 생활 조건이라면 가능할 것도 같아. 저녁 8시 뉴스도 맡을 수 있을 거야. 그러면 매일 저녁, 다른 사람들은 알아채지 못할 조그만 신호를 오직 당신에게만 보내 줄 텐데.

암묵적 언사가 전혀 오가지 않았던 오늘 저녁 모임이, 저희에게도 더할 나위 없이 좋았습니다.

신은 죽었다고들 되풀이해서 말했지. 그러니까 더 이상 형이상학은 없다는 거지. 그럼 뭐가 남겠나?
인간과 자연이지. 하지만 그것만으론 멀리 가지 못해.

모기 때문에 거의 못 잠. 어제 나눠 준 가방 안에 조난을 알리는 조명탄이 있을 거라고 생각했는데,
알고 보니 그게 겨우 보리 설탕 과자였다는 걸 깨달았을 때까지는 집단으로부터 멀어졌다는 사실에 대해
조금도 죄책감을 느끼지 않았음(오히려 이런 경험을 흥미로워했으니까). 한두 시간 좀 더 기다려 볼 것.
그런 다음 이 설탕 과자를 가능한 한 멀리, 높이 던져 볼 것. 혹시나 하는 마음으로.

몽상가이자 시적인 지주(地主)가 자신과 닮은 점이 많으면서도 웬만큼 세속적이기도 한 속 깊은 이성과 결혼하길 바라고 있습니다.

넌 샤틀레 역에서 지하철을 탔지. 크고 푸른 눈에 노란 바바리코트. 우리는 강렬한 눈빛으로 서로
바라봤지. 열차의 급정거에 넌 나에게 몸을 던졌지. 난 너를 아주 힘껏 껴안았어. 넌 감동했지.
갑자기 네가 시청역에서 후닥닥 뛰어내리더라고.
그래, 돈이랑 지갑은 가져도 좋아. 하지만 내 신분증들은 돌려줘.

지극한 사랑을 받았던
한 남자가
너무 이르게
이곳에 잠들다

정점에 달한 남성 우월주의의 결과로 망가진 한 부부의 전모를 낱낱이 밝힌 원고랍니다. 이걸 갈리마르 출판사에 넘기기 위해 세바스티앵보탱가(街)로 가야겠어요. 이 책은 상당한 반향을 일으킬 겁니다. 혹시 텔레비전에 나가게 될 경우, 작가로서의 제 소임이 마지막 순간까지 방해받았다는 사실을 기사 양반께서 증명해 주셨으면 해요.

저희는 방송에서 언급되지 않은 책을 찾고 있어요. 수준 있는 작품으로요. 우리가 보기에 그게 정말로 좋은 작품이라면, 입소문의 엄청난 위력을 보여 줄 거예요.

저 남자, 동성애자인 게 분명해. 여자들을 나쁘게 얘기한 적이 한 번도 없거든.

이 파리 좀 봐. 뭔가 만족스러울 때 두 손을 어루만지는 사람들처럼 앞발을 비비고 있네. 내가 지금 쓰고 있는 글이 괜찮은가 봐.

어제 소피와 나 사이에 공통점이 아무것도 없다는 걸 깨달았어. 서랍장 위에 올려놓은 내 그림 「폭풍 뒤의 과수원」을 바라보며 〈저게 남아 있을까?〉라고 우울하게 중얼거렸거든. 그랬더니 소피가 그러는 거야. 「지금 당장은 그냥 저기에 둬요.」

아직 결정적으로 잘못된 건 아니야. 아내가 마지막 장을 끝내진 않았거든. 하지만 지금까지 쓴 걸 몰래
읽어 보니까 아내가 경험했던 위대한 남자들 목록에 난 아직도 등장하지 않고 있어.

쿼터제 반대, 노조 연합, 협상 반대, 재선임 반대, 조세 법률 반대,
도로법 반대, 2차 연도 개정, 조세 철폐, 남부 과세 반대……

난 온몸이 아프다

저녁 식사 시간 내내 우리 사이에 모종의 공감대가 자리 잡고 있다는 느낌이 들었어요. 자, 내 일기입니다.
내일모레 전화를 드릴 테니 소감이 어떤지 말씀해 주세요.

그러다가 결국은 죽었다고 생각했던 하워드가 다시 나타나고 우여곡절 끝에 엘렌을 되찾게 되죠.
이렇게 하면 해피 엔드가 가능하게 되고, 그간 너무 오래 우리 문학계에 드리워져 있던 어두운 휘장도
마침내 거두어 낼 수 있게 되는 거죠.

첫 번째 실습으로 옛날식 스튜 요리법을 적어 보세요. 그렇게 놀라지 마세요. 내일 있을 두 번째
실습에서는 그 요리를 남자가 요구한 건지 아니면 여러분 스스로 제안한 건지에 대해 쓸 거니까, 요리법을
적어 나가는 동안 상당히 긴장하게 될 겁니다. 내일모레는 그 스튜를 남자 머리에 쏟아 버리게 되는
이유들을 써보는 거예요.

이 점을 잘 이해하게. 자네 아내의 태도는 자네 개인을 향한 항의가 아니야. 그건 역사적인 보복을 표현한
것뿐이라고.

간혹 팔리기도 합니까?

다가올 독서의 계절을 위해 뭔가 대단한 작품을 준비하시는 중이기를 바라요.

엊저녁에 선생님의 시를 읽었습니다. 얘기할 게 많더군요. 한데 저희가 내일 아침 일찍 돌아가야
하거든요. 시 얘기는 내년에 나누면 어떨까요?

가슴 저린 낯선 꿈을 자주 꾼다네. 내가 사랑하고 나를 사랑하는 낯모를 여인의 꿈을. 매번 그녀는 완전히 똑같은 여자도 아니고 그렇다고 아주 다른 여자도 아니지만 날 사랑하고 이해해 준다네.

아니, 샤를, 오늘은 하지 마세요. 오늘 저녁에는 클래식을 연주하고 싶어요.

자, 이제 멋지게 휘둘러 봅시다!

배를 탈 때면 항해를 방해하지 않으려고
몸을 아주 조그맣게 하고 있어요.

아내가 말을 건네지 않으면서부터 나무들이 훨씬 잘 자란답디다.

내가 잠꼬대를 한다는 거야(마리로르가 알려 주더군). 그거야 누구에게나 있을 수 있는 일이지.
한데 잠꼬대 내용이 당황스러웠어. 한밤중에 두세 번이나 큰 소리로 단언하더래. 〈난 상황을 완벽하게
제어한다〉라고 말이야.

남자가 부부의 개념에 아주 집착하는 사람이라는 점괘가 나오네. 그건 안심이 되는군. 그런데 좀
걱정스러운 건, 그게 아가씨하고는 아니라는 거야.

맞아요, 맞아, 분명해요. 내가 며칠 전부터 죽 봐왔다니까. 저 여자가 아주 천천히 되풀이하는 몸동작은
청소하는 모습이야. 저걸 잘 따라 하면 굉장히 유용하겠어.

손님은 이 소파를 원해요. 2주 전에 그러셨죠. 생활비 예산에서 2백 프랑을 몰래 빼낼 수 있을 거라고요.
지난주에는, 친척 아주머니가 선물한 걸로 믿게 할 수 있을 거라고 했어요. 그런데 깊은 죄책감이 여전히
손님을 억누르고 있어요. 그 문제에 대해 차분히 얘기해 볼까요?

내 말을 잘못 받아들이지 않기 바라네만, 자네는 지금처럼 모든 게 순조로울 때보다는 불행할 때 훨씬
흥미로워진다는 사실을 알고 있나?

저 사람, 좋은 배우이긴 한데 자신을 주체하지 못해. 대사 몇 마디 외우고 난 후엔 참지 못하고 개인적인
문제를 들먹인다니까.

당신한텐 이게 어떤 느낌이 들어요? 〈국가 안보의 침해〉란 표현 말이오. 난 꽤 감미롭고 가벼운 전율이
등골에 느껴지거든.

오늘은 당신 얼굴을 통 볼 수가 없네.

매일같이 남편을 보러 병원에 가려면 불편하긴 하겠어요. 하지만 어떻게 보면 요즘 같은 시절엔 미친
사람이 차라리 뭔가 속 편한 구석이 있죠.

날씨가 좋았어요. 웨딩드레스 차림의 내 모습은 젊고 예뻤지요. 부모님과 친구들도 모두 다 참석했고요.
교회의 시계는 째깍거리며 가차 없이 흘러갔어요. 불안감이 무겁게 자리하기 시작했어요.
30분…… 45분…… 한 시간! 그리고 드디어 내 인생의 비극이 — 난 매일같이 그걸 더욱더 실감하고
있어요 — 시작된 거예요. 그이가 도착했던 거죠.

내 경력에 뭔가 문제가 있다는 증거는, 이제껏 누구도 나의 침묵을 매수하려 들지 않았다는 데 있어요.

오래 머물 수는 없어요. 하지만 잠시 몸을 피해야만 했어요. 도처에 악마가 있거든요.

사람들을 물색 중이야. 내 깊은 선의를 베풀어 주고 싶을 정도로, 감사하는 마음을 늘 지니고 있는 그런
사람들 말일세.

이제 곧 신앙을 가질 수 있을 것 같소. 그렇지만 오늘 저녁 식사 중에는 그 주제에 접근하지 말아 주면
고맙겠소. 아직은 좀 설익은 상태니까.

그게 두 번의 단계를 거쳐 깨달아지더라. 처음엔 이렇게 생각했지. 〈내겐 추억이 있어. 그건 오로지 나의 것이고 아무도 뺏을 수 없어.〉 그러자 곧이어 〈도대체 어느 누가 그걸 원하겠어?〉 하는 생각이 드는 거야.

어제 파리 생제르맹 팀과 마르세유 팀의 경기를 봤어. 무슨 생각에 그랬는지 모르겠는데 파리 생제르맹 팀은 날 원했던 여자들을 나타내고, 마르세유 팀은 날 원하지 않았던 여자들을 나타낸다는 상상을 했어. 마르세유 팀이 파리 생제르맹을 대파했지. 그 일로 충격을 받았어. 게다가 오늘 아침엔 파리 생제르맹 응원단한테 괜한 죄의식까지 느껴지는 거야.

샤를앙리! 언제부터 거기 있었어요?

여보게, 질베르, 내가 여자들 마음속에 깊은 동경을 일으킬 수 있었던 건 바로 내 시선 속의 깊은 절망을 미묘하게 표현해 낸 (장담컨대 그런 표정을 지어내느라 무진 애를 썼지) 덕분이라네.

당연히 애들 장난 같은 거지. 몇 년 전에 직장에서 여직원들 사이에
〈매력적인 남자〉에 대한 인기투표가 있었어. 이본 부인이
은퇴하면서 말해 주더군. 결과에 따르면 내가 1위였는데 인사과장
메나르를 위해 날 제외했다는 거야. 물론 대수롭지 않은 일이지만
권력 기구에 대한 묘한 조명을 던져 주는 사례지 뭔가.

좋아, 나는 사랑이 다시 나타난다면, 적극적으로 대답하겠네. 여기 있다고!

그래서 내가 말했지. 〈날 원한다고? 그럼 한번 해보쇼!〉라고.

종 치는 일은 당신이나 나나 똑같이 해야 하는 거요!

NETTOYAGE 세탁, REPASSAGE 다림질

내가 만일 백 살까지 살게 되어 텔레비전에 나가게 되면 순 엉터리 장수 비법을 말해 줄 거야.

선생님의 아내 노라는 5년의 연구 끝에 프테로닥틸루스 에렉투스가 90만 년 전에 사라졌다는 걸 증명했어요. 선생님은 젊은 노라(선생님보다 스무 살이나 젊지요)의 성공에 화가 났지요. 그래서 선생님은 계산을 다시 했어요. 하지만 허둥대느라 10만 년의 계산 착오를 했지요. 몇 달 전부터 노라의 주변을 맴돌던 캐링턴 교수가 그녀를 도와주러 쏜살같이 달려와 일을 핑계 삼아 메테오르 호텔로 데려갔지요. 하지만 후회하는 마음에 사로잡힌 노라는 이틀 뒤에 다시 돌아왔어요. 그런데 선생님은 10만 년이라는 자신의 실수에 비교하면 이틀밖에 안 되는 노라의 실수를 트집 잡으며 함께 살아온 9년의 세월을 지워 버리려 하고 있어요!

움직인다!

저걸 보니 역사책을 읽고 싶어지네.

종종 사람들이 저 추시계를 사고 싶어하던데, 도무지 팔지 못했어요.

〈대충〉 인간이라고 부를 수 있는 존재가 액체로부터 빠져나오기 위해 몇백만 년이 필요했지. 그럼에도
불구하고 인간이 여전히 불가항력적으로 그곳에 다시 돌아가고 싶어 한다는 사실을 인정하는 건, 참 이상해.

일요일에 식구들끼리 단란하게 모였지. 자식들이랑 그 친구들 그리고 손주 녀석들까지. 인생과 살아가는 일의 어려움, 여러 가지 소망과 젊음 따위의 폭넓은 이야기들을 주고받았다네. 그렇게 시작된 토론은 〈젊은 애들을 위해 뭘 해야 하나? 그 애들을 어떻게 도와줄까?〉 하는 얘기에서 〈노인들은 도대체 뭘 하나?〉 하는 얘기로 차츰 변질되어 버리더라고.

좀 길어지긴 했지만 맛있는 점심이었네. 저 사람의 문화적 소양은 매력적으로 보이네만 그가 들려준 온갖
일화며 인용들은 5분이면 인터넷에서 모두 찾아낼 수 있어.

선생님 작품의 특징인 그 쾌활함, 그 즐거운 느낌은 요즘 우리 세대가 필요로 하는 가벼움과 통하는 그런 쾌활함이죠. 그런데 그게 결국은 타인의 불행에 대한 완벽한 무관심과 환상적 에고이즘에서 비롯된 게 아닐까요?

이보게, 우리 얼마간 서로 보지 않고 지내야겠어. 자네와 나는 서로 너무 많이 알고 있어서, 대화의 소재가
완전히 고갈되었고, 아주 사소한 얘기도 다시 꺼낼 수 없거든.

난 이제 하루에 두 시간만 머리가 말짱해.

아름다운 날들

옮긴이 윤정임은 1958년에 태어나 연세대학교 불어불문학과와 동 대학원을 졸업했으며, 프랑스 파리 10대학에서 박사 학위를 받았다. 옮긴 책으로 장자크 상페의 『거창한 꿈』, 『겹겹의 의도』, 『랑베르 씨』, 『랑베르 씨의 신분 상승』, 장폴 사르트르의 『방법의 탐구』, 질 들뢰즈와 펠릭스 가타리의 『철학이란 무엇인가』(공역), 드니 랭동의 『소설로 읽는 그리스 로마 신화』, 엠마뉘엘 카레르의 『적』, 마르탱 뱅클레르의 『아름다운 의사 삭스』 등이 있다.

글·그림 장자크 상페 **옮긴이** 윤정임 **발행인** 홍지웅·홍예빈 **발행처** 주식회사 열린책들 **주소** 경기도 파주시 문발로 253 파주출판도시 **전화** 031-955-4000 **팩스** 031-955-4004 **홈페이지** www.openbooks.co.kr Copyright (C) 주식회사 열린책들, 2004, 2018, *Printed in Korea.* ISBN 978-89-329-1898-3 03860 **발행일** 2004년 6월 1일 초판 1쇄 2010년 7월 20일 초판 3쇄 2005년 6월 10일 2판 1쇄 2018년 8월 15일 신판 1쇄

이 도서의 국립중앙도서관 출판예정도서목록(CIP)은 서지정보유통지원시스템 홈페이지(http://seoji.nl.go.kr)와 국가자료공동목록시스템(http://www.nl.go.kr/kolisnet)에서 이용하실 수 있습니다.(CIP제어번호: CIP2018017336)